AF176194

Vorwort

Lieber Leser,

Ich muss Sie vorsichtshalber warnen!

Das Buch darf Minderjährigen nicht zugänglich gemacht werden!

Bei diesem Gedichtband handelt es sich um erotische Geschichten in Gedichtform.

Erotische und sexuelle Zonen und Praktiken werden hier offen beim Namen genannt.

Wer damit nicht klar kommt, sollte tunlichst darauf verzichten weiter zu lesen.

Da der Inhalt teilweise auch Fetisch orientiert ist, geht es doch manchmal auch um Gummi- und Latex-Spielereien, die auch Fessel- und Pumpspiele nicht ausschliessen, sollte man schon ein Fable für diese Thematik haben. Dann allerdings wird man beim Lesen vor seinem geistigen Auge die erregenden Momente miterleben können.

Andere Gedichte sind von tiefgreifender Zärtlichkeit und Zuneigung geprägt.

Wieder andere haben zuweilen auch einen etwas dominanten Hintergrund.

Otto von Busenberg

Freche Träume

...

heisse Spiele

Erotische Gedichte eines Senioren

Band 2

Impressum

Bibliografische Information der Deutschen
Nationalbibliothek:
Die Deutsche Nationalbibliothek verzeichnet diese
Publikation in der Deutschen Nationalbibliografie; detaillierte
bibliografische Daten sind im Internet über http://dnb.dnb.de
abrufbar.

Herstellung und Verlag: BoD – Books on Demand,
Norderstedt

ISBN: 978-3-7562-0099-3

Titelverzeichnis

Wunsch

(Ostschweizer Dialekt)

Ich suech äs richtig fröhlichs Wesä
nöd äso än altä Bäsä,
Föfzig plus isch kei Problem,
rund und weich wär angenehm.

Häsch luscht met mer ä chli d'Freizyt z'gschtaltä?
Bi halt scho ä chli än Altä.
Im Herz do bin i no jung blibä,
mä cha mit mer scho näbis triebä.

I fahr au immer no gern Schi
und bi so döt und dei däbi.
Muess immer näbis unterneh,
möcht gern no dies und jenes g'seh.

I fühl mi uf em See dihei,
bi aber döt nöd gern ällei.
Sind Sonnä, Wind und Wellä da,
wär's halt schö äs Gschpänli z'ha.

I liebä alli schöne Sache
und wör gern öppis meh drus machä.
Bi gern duss i dä Natur
und mängmol lieb' i's eifach pur.

A dä Sonn und ä chli warm
wär's schö mit öppertem im Arm.
Am liebschtä ä chli umäschmuse
amänä schönä weichä Busä.

Wänn Du ä so äs Frauäli bisch,
setz Di doch anä a Din Tisch,
schrib äs paar liebi Wort a mi,
dänn chönnd mer viellicht zämä si.

Riesenbusenträume

(Remake)

Seit Jahren träum' ich nächtelang,
hab einen solchen Busendrang
seit ich zum ersten Mal entdeckt,
was so in Deiner Bluse steckt.

Erst glaubte ich das gibt's doch nicht,
die Brust mit so einem Gewicht
und alles das ist echt Natur,
Busen über Busen pur.

Erst sah ich Deine Bilder an
mit Riesenbrüsten, Mann oh Mann!
Im Monster-BH teils verpackt
und die andere Brust ganz nackt.

Mit Höfen gross wie Untertassen,
die möcht' ich gerne mal anfassen.
Ganz zärtlich mit der Zunge lecken,
den Nippel in den Mund mir stecken.

Im Film hab ich das dann betrachtet
und bin dabei doch fast verschmachtet,
als jener diese Brust verwöhnte,
Karola dabei leise stöhnte.

Der hatte wirklich viel zu tun
und durfte an der Brust dann ruhn'.
Dabei hast Du ihn fast erstickt,
ich war davon total entzückt.

Dabei kam ich dann zum Entschluss,
dass ich das irgendwann auch muss.
Ich möchte Dich gern kennenlernen,
doch wann, das steht noch in den Sternen.

Doch träume ich schon Tag und Nacht
von Deiner grossen Busenpracht,
wenn Glocken mein Gesicht bedecken,
darf ich dann Deine Nippel lecken?

Ich möcht' sie streicheln und auch küssen
und kräftig daran saugen müssen.
Dann stundenlang Dich so verwöhnen,
auch ich bringe Dich gern zum stöhnen.

Und dabei bleib ich auch ganz lieb
und unterdrücke meinen Trieb,
denn Du allein sagst, was ich darf,
Dein Busen aber macht mich scharf.

An der Bar

Weil's so ein schöner Abend war,
setzen wir uns an die Bar.
An Deiner Bar im eigenen Haus
klingt der schöne Tag nun aus.

So ein Gläschen Sekt in Ehren
möchte man sich nicht verwehren
und das hebt die Stimmung an,
bis dies und das passieren kann.

Aus einem Gläschen werden zwei,
nach einer Weile sind es drei.
Davon wird man noch nicht besoffen,
doch Deine Bluse steht schon offen.

Du beginnst mich zu beschwören,
willst ein's von den Gedichten hören.
Ich habe sie aus Lust geschrieben,
im Kopf so manches Spiel getrieben.

Was da drin in Reimen steht,
ist wie es voll zur Sache geht.
Während ich am Lesen bin
hältst Du mir Deine Beine hin.

Das tatest Du bisher so noch nie,
Dein Fuss der liegt auf meinem Knie
und was ich dabei sehen kann,
Du hast schöne Strümpfe an.

Wenn ich so was sehen darf,
macht es mich schon richtig scharf.
So ein bestrumpftes schönes Bein
lädt zu weiterem Spielen ein.

Ich leg' das Buch nun aus der Hand,
fass' zärtlich Dir an Dein Gewand,
denn bei so gut gefüllten Blusen,
greif' ich gerne an den Busen.

Die Hand über die Kuppe gleitet
und Dich auf weiteres vorbereitet.
Dies Spiel, das scheint Dir zu gefallen
nun lässt Du Deine Bluse fallen.

Im BH, diese ganze Pracht,
ist das, was mich nun gierig macht.
Was ich jetzt unverzüglich tu',
ich greif' mit beiden Händen zu.

Was mich dabei total entzückt,
die Brüste werden hochgedrückt.
Was die Körbchen kaum noch fassen
kann sich wirklich sehen lassen.

Dieses Bild ist ein Genuss
und Du öffnest den Verschluss.
Ich streife ab die Träger Dir,
nun steht Du oben nackt vor mir.

Der Minijupe fällt auch herunter
und das macht mich richtig munter.
Jetzt stehst Du da in Strumpf und Straps,
kriegst auf den Po noch einen Klaps.

Es kann kaum was Schöneres geben,
lass uns darauf die Gläser heben.
Doch der Sekt wird nicht genossen,
sondern auf die Brust gegossen.

Das Prickeln macht die Warze steif,
doch statt dass ich danach nun greif',
spitze ich schnell meine Lippen
und fange an daran zu nippen.

Du begiesst die andere auch,
der Sekt läuft über Deinen Bauch.
Dieses macht Dir sichtlich Spass,
denn nun wird auch die Muschi nass.

Meinen Kopf senk' ich geschwind
bevor es auf den Boden rinnt
und leck' den Sekt von Deiner Dose,
dann wird es eng in meiner Hose.

Am Kitzler wird ganz zart geleckt,
die Zunge in den Spalt gesteckt.
Du hältst nun meinen Kopf ganz fest,
der wird da tief hineingepresst.

Dein Atem geht jetzt richtig schwer,
jetzt muss auch mein Finger her.
Der wird ganz tief hineingeschoben,
Dann sagst Du: «Komm wir geh'n nach oben».

Oben in dem Zimmer dann,
geh'n wir beide richtig ran.
Was wir die ganze Nacht lang treiben,
das soll ein Geheimnis bleiben.

Versunken

Ich erzähl' mal wie es war
damals in der Kaffeebar.
Dort sassen über eine Stunde
zwei Frauen wirklich richtig runde.

Weil ich solche Frauen mag,
dachte ich das ist der Tag
und obwohl ich schüchtern bin,
trat ich zu den beiden hin.

An dem Tischchen angekommen,
fühlt' ich mich schon leicht benommen,
denn der Einblick der war toll,
zwei grosse Blusen richtig voll.

«Darf ich mich setzen», fragte ich
mein Kopf, der liess mich fast im Stich,
als ich die Pracht so vor mir seh',
fragt eine mich: «Magst du Kaffee?»

«Oh ja sehr gern», kam mein Gestotter,
doch das Gespräch ging danach flotter,
als meine Angst ich überwand,
dann war da diese weiche Hand.

Sie lag ganz plötzlich auf der meinen
und es sollte mir so scheinen,
wie wenn sie etwas von mir will,
ich genoss es und hielt still.

Die andere Frau liess uns allein.
Kann das nun meine Chance sein,
dieses Weib heut' zu verführen?
Ich würde sie so gerne spüren.

Diese Figur, das ist ein Traum
und man übersieht sie kaum,
diese grossen weichen Brüste.
Einer wie ich kriegt da Gelüste.

«Sag' magst du ein Gläschen Wein?»,
fragt sie mich beim Lampenschein,
«nicht im Café sondern bei mir.»
Ich nicke nur und folge ihr.

Sie wohnt nur vier Häuser weiter
und so werd' ich ihr Begleiter.
Sie steigt vor mir die Treppe rauf.
Mir verschlägt es fast den Schnauf.

Nicht weil ich etwas zu schnell gehe,
sondern das, was ich da sehe.
Vor mir schwankt dieser riesige Po.
So etwas lieb' ich sowieso.

Am Schluss dann oben angekommen,
bin ich immer noch benommen.
Sie meint: «Willkommen hier im Haus,
komm ruh' dich auf dem Sessel aus».

Sie kommt mit einer Flasche Wein
und schenkt zwei Gläser davon ein.
Sie sagt: «Du liebst meine Figur?
Wie wär's mit einer kleinen Tour?»

Dann in den nächsten schönen Stunden,
darf ihren Körper ich erkunden.
Ein Traum wird endlich mir erfüllt,
derweil sie reizvoll sich enthüllt.

Die Bluse knöpft sie langsam auf
und richtet mich im Sessel auf.
Wie wenn sie von mir alles wüsste,
drückt sie mich fest in ihre Brüste.

Vom BH hab' ich sie befreit
und meine Augen werden weit,
denn diese riesengrossen Brüste
steigern weiter meine Lüste.

Aus dem Jupe schlüpft sie geschwind,
doch ich bin immer noch ganz blind.
Mein Kopf in ihrem Busen steckt,
als meine Hand den Arsch entdeckt.

Die Backen weich und riesengross,
die würden wohl bei jedem Stoss
erzittern wie bei einem Beben.
So was möcht' ich mal erleben.

Nun ist die Dame total nackt
und jetzt werd' ich ausgepackt.
Die Hose wird mir abgestreift,
bevor sie sich schnell etwas greift.

Sie führt mein Glied zu ihren Mund,
lässt es verschwinden in den Schlund.
Sie nuckelt und sie saugt daran,
bis ich es kaum noch halten kann.

Diese Frau ist mehr als nett
und schleppt mich gleich zu ihrem Bett.
Dort wirft sie mich auf meinen Rücken,
um sich dann über mich zu bücken.

Würde ich steh'n, ich käm' ins Taumeln,
weil über mir nun Brüste baumeln.
Ich spür' auch ihren weichen Bauch,
als ich in diese Glocken tauch'.

Bedeckt ist nicht nur mein Gesicht,
denn ich bemerke ihr Gewicht,
das meinen Körper nun bedeckt
und er zwischen den Schenkeln steckt.

Sanft beginnt sie ihn zu reiben,
um in die Höhe ihn zu treiben
und als sie aufsitzt und sich windet,
er total in ihr verschwindet.

Auf mir sitzt dieses Riesenweib
und wackelt mit dem ganzen Leib.
Es wogt und schaukelt all die Masse,
so eine Frau ist einfach Klasse.

Von weichen Armen eng umschlungen,
wird immer tiefer eingedrungen.
Fordernd ist ihr heisses Küssen,
wobei wir schliesslich kommen müssen.

Mollige Frauen sind 'ne Wucht
und jeder, der sich so was sucht,
wer diese Lust mal darf erleben,
sagt: «Schöneres kann es gar nicht geben!»

Flutsch

(Inspiriert durch meinen Roman 'Leben mit sechs Richtigen')

Es kann kaum was Schöneres geben,
als einmal anderes zu erleben.
Deshalb sage niemals nie
und mache Sex mit Fantasie.

So wollte ich es mal probieren
eine Frau ganz einzuschmieren
mit Öl, einem besonders zarten.
Den Tag, den kann ich kaum erwarten.

Ein Körper ganz im öligen Glanz,
da mach' ich einen Freudentanz,
denn dieser Anblick ist echt heiss,
was ich von anderen Bildern weiss.

Im Internet hab' ich gefunden
beim Suchen in so manchen Stunden
Frauenkörper ölbedeckt
und die Lippen mir geleckt.

So was will ich selbst auch machen,
doch dazu braucht's einige Sachen.
Öl und ein grosses Plastiktuch
sind nicht das Einzige was ich such'.

Schliesslich weiss ich ganz genau,
dazu braucht's auch die richtige Frau.
Reif und mollig soll sie sein,
so was schmier' ich gerne ein.

Ein Inserat wird aufgegeben,
zu ersten Mal in meinem Leben.
Dann zu meinem grossen Glück,
schreibt jemand mir sofort zurück.

Sogar ein Bild legt sie dazu,
nun find' ich wirklich keine Ruh'.
Ich muss ganz schnell ein Treffen machen
und ihr erklären einige Sachen.

Die Frau ist sehr verständnisvoll.
Sie findet dieses Spiel auch toll
und lädt mich ein mit einem Lachen:
«Komm lass' uns dieses Spiel gleich machen».

So fahren wir zu ihr nach Hause,
dort landen wir unter der Brause.
Ich darf sie überall einseifen
und an so manche Stellen greifen.

Wir müssen noch das Bett bedecken,
um zu verhindern ölige Flecken.
Ein Plastiktuch soll das erfüllen,
bevor wir zwei in Öl uns hüllen.

Vor mir da liegt ein nackter Engel,
das hebt sofort bei mir den Stängel.
Bei ihr ist alles rund und weich,
deshalb starte ich sogleich.

Weil's auf der Zunge besser schmeckt,
hab' ich Olivenöl entdeckt.
Das gibt auch einen schönen Glanz,
damit beträufle ich sie ganz.

Der Busen kommt als Erstes dran,
der ist ja riesig! Mann oh Mann!
Sanft massier' ich mit den Händen,
um mich dann anderem zuzuwenden.

So öle ich auch ihren Bauch
und so manche Stellen auch:
Arme, Rücken, Schenkel, Po,
zwischen den Beinen sowieso.

Zärtlich meine Hände gleiten
und sie so langsam vorbereiten,
bis sie glänzt von Kopf bis Fuss.
Das Bild ein wirklicher Genuss!

Der Anblick macht mich ganz verrückt,
die Kamera hab' ich gezückt.
Ich hab' gefragt ob ich das darf,
dies Bild macht alle Männer scharf.

Sie räkelt sich im öligen Glanz,
dann greift die Frau nach meinem ....
Dann werd' auch ich mit Öl massiert,
um zu sehen was passiert.

Die Brust steckt sie in meinen Mund,
ihr Nippel der wird hart und rund.
Weil dieses Öl so herrlich schmeckt,
wird intensiv daran geleckt.

Ratet mal was dann passiert.
Sie hat mich total eingeschmiert.
Wir zwei sind völlig ölbedeckt
und gegenseitig wird geleckt.

Gummitraum

Als ich die Einladung bekam
und sie aus dem Umschlag nahm,
da wurde es mir ganz schnell klar,
dass das etwas Besonderes war.

Der Umschlag, der war ganz normal
doch der Inhalt surreal.
Die Karte schwarz und mit viel Glanz,
die vermittelt Eleganz.

Die Schrift ist rot in grossen Lettern
und ich brauche nicht zu blättern.
Nur eine Seite hat die Karte,
da steht, dass man mich bald erwarte.

Eine Villa sei das Ziel
für ein ganz besonderes Spiel.
Es gäbe dort sehr viele Räume,
zur Erfüllung meiner Träume.

Ich fahre weit auf's Land hinaus.
Ganz einsam steht das grosse Haus
in einem kleinen Birkenhain.
Ich denke mir, das muss es sein.

Nun stehe ich ganz nah davor
und schon öffnet sich das Tor.
Eine Maid im Zofenkleid
sagt zu mir: «Es tut mir leid.»

Sie erklärt, ich müsse warten,
die Herrin pflege ihren Garten.
Sie bringt mich dann in einen Raum,
der dunkel ist, man sieht ihn kaum.

Sie bietet einen Stuhl mir an,
auf dem ich vorerst warten kann.
Sie löscht das Licht, lässt mich hier sitzen
und ich beginne leicht zu schwitzen.

Wie soll das nur weitergehen,
ich kann absolut nichts sehen.
Ein Duft zieht in die Nase 'rein,
ich glaube, das muss Gummi sein.

Zwei Hände streicheln mein Gesicht.
Ja es stimmt ich täusch' mich nicht.
Die Hände sind total gummiert,
was mich etwas irritiert.

Das bringt mit ziemlich aus der Ruhe.
Sind das vielleicht Gartenhandschuhe?
Ich fasse ihren Körper an,
wo ich nur Gummi spüren kann.

Die Arme, Gummi, auch der Bauch
und die grossen Brüste auch.
Beine und Po, man glaubt es kaum,
alles in Gummi, welch ein Traum!

Sie zündet ein paar Kerzen an,
damit ich etwas sehen kann.
Das, was ich hier erkennen muss,
sie ist gummiert von Kopf bis Fuss.

Ich höre schnaubende Geräusche
und wenn ich mich nicht total täusche,
dann erkenne ich da prompt,
es tönt wie wenn 'Darth Vader' kommt.

Doch es ist nicht 'Der Krieg der Sterne'.
Nur was ich seh', das seh' ich gerne.
Die Zofe kommt, nun umgezogen,
Gasmaske auf, echt nicht gelogen.

Diese beiden Gummiweiber
haben wirklich geile Leiber,
mit denen sie mich nun berühren,
doch ich kann nur das Gummi spüren.

Alles in Schwarz von Kopf bis Fuss,
wozu ich aber sagen muss,
dass mich das total erregt,
zumal sie ihre Hand auflegt.

Sie streichelt mich zwischen den Beinen.
Mein Kleiner wird gleich dort erscheinen,
völlig erwacht, so richtig lebend
und zu anderer Grösse strebend.

Neugierig schaut die Zofe zu,
was ich nun mit der Herrin tu.
Mit meiner Hand an ihrer Brust
steigert sich auch ihre Lust.

Die andere greift ein Gummibein
und drückt den Finger dort hinein,
wo ihre Muschi sich versteckt.
Am liebsten hätt' ich sie geleckt.

Doch sie ist überall bedeckt,
weil alles unter Gummi steckt.
Keine Haut lässt sich berühren.
Wohin soll denn das Ganze führen?

Ich drücke sie ganz fest an mich
und denke mir: 'Gleich pack' ich dich.'
Sie aber sofort zu mir spricht:
«Nein! Ohne Gummi geht das nicht!»

Sie ruft die Zofe schnell zu sich
und lässt mich armen Kerl im Stich.
Das einzige was ich hören kann:
«Mach ihn zu meinem Gummimann!»

Ich werde total ausgepackt
und plötzlich bin ich völlig nackt.
Was dann sogleich mit mir passiert,
ist, dass man mich total einschmiert.

Fühlt sich gut an, muss ich schon sagen.
Ein Gel wird hauchdünn aufgetragen,
damit das Gummi besser gleitet,
wenn man mich weiter vorbereitet.

Mir werden Strümpfe angezogen.
Feinstes Gummi, nicht gelogen.
Selbst der 'Schnidel' wird gummiert,
mit Gummislip ganz schön verziert.

Ein Gummihemd deckt meine Brust.
Es ist ganz eng und macht mir Lust.
Die Handschuhe sind überlang.
Ich mag den engen Gummizwang.

Doch zum Schluss, ich armer Tropf,
krieg ich 'ne Maske auf den Kopf.
Die sitzt ganz eng auf dem Gesicht
und sehen kann ich damit nicht.

Zuerst, da glaub' ich, dass ich spinne,
doch dann schärft es meine Sinne.
Weil nichts zu sehen dazu führt,
dass man alles besser spürt.

Vier Hände tasten mich nun ab
und ich kann sagen nicht zu knapp,
wobei sie überall zugreifen.
Dabei bekomm' ich einen Steifen.

Dann werd' ich richtig aufgeputscht,
weil man mir nun einen lutscht.
Den Prügel tief in einem Schlund,
werd' ich gesaugt 'ne halbe Stund'.

Davon bin ich total entzückt,
doch mein Schuss wird unterdrückt,
denn immer, wenn ich kommen will,
hört sie auf und hält ganz still.

Kneten darf ich ihre Brüste
und dies steigert die Gelüste.
Ich bekomme einen Harten.
Würd' gerne mit dem Bumsen starten.

Statt dem Genuss von diesem Akt,
werde ich am Kopf gepackt.
Sie sagt: «Das könnte mir gefallen»,
beginnt gleich etwas umzuschnallen.

Dazu kann ich ja gar nichts sagen.
Ein seltsam Ding muss ich nun tragen
und sehen kann ich ihn auch nicht,
den Gummipenis im Gesicht.

Man führt mich gleich zu einem Bett.
Das finde ich nun wirklich nett.
Dort legt man mich auf meinen Rücken
und beginnt mich zu erdrücken.

Auf meinem Kopf ist viel Gewicht.
Die Dame wird doch etwa nicht....
Ich glaub' zuerst, das kann nicht sein,
doch sie schiebt ihn sich hinein.

Auf und ab geht's mit Getöse,
den Gummipimmel in der Möse,
wobei es ziemlich seltsam tönt,
wenn sie durch die Gasmaske stöhnt.

Auch unten werd' ich nun erweckt,
derweil mein Pimmel in ihr steckt.
Die Herrin ist dort hart am Reiten,
lässt ihn hinein und heraus gleiten.

Das Spiel, das geht weiss Gott wie lange,
doch zum Glück hält meine Stange,
bis es bei den Weibern funkt
bei ihrem geilen Höhepunkt.

Gleichzeitig bin auch ich gekommen.
Nun lieg' ich da total benommen.
Im Gummi ist mir kochend heiss,
denn ich bade voll im Schweiss.

Die beiden sind dann abgestiegen,
doch wollen sie noch bei mir liegen.
Sie sind ganz lieb, ich glaub' es kaum.
Das ist ein wahrer Gummitraum!

Waldspaziergang

(Inspiriert durch meinen Roman 'Leben mit sechs Richtigen')

Heute geht es über Land,
mit der Holden an der Hand,
durch Wald und Flur und über Auen,
sie will sich mir ganz anvertrauen.

Ich trag' den Rucksack auf dem Rücken,
der Inhalt soll sie heut' entzücken.
Was sie bis jetzt noch gar nicht weiss,
der Inhalt macht sie sicher heiss.

Es geht in einen dunklen Hain,
der Platz hier müsste richtig sein.
Hier kommt keiner, der uns stört,
wenn sie beim Spiel ganz mir gehört.

Ich bitte sie sich umzudrehen,
denn sie soll dabei nicht sehen,
wenn ich in meinen Rucksack greife
und ihr dann etwas überstreife.

Die Augenbinde ist ganz dicht,
sehen kann sie damit nicht.
Handfesseln sind die nächste Sache,
die ich an ihre Hände mache.

Mit Handgelenken eng umwunden,
kann ich sie fesseln dann für Stunden,
denn festgemacht an einem Baum,
erfüllt sie mir dann meinen Traum.

An einem Stamm nicht allzu dick
hört man nur ein leises 'Klick'.
Die Arme sind jetzt gut fixiert,
nun wird das Nächste ausprobiert.

Mit einer Schere in der Hand
schneide ich in ihr Gewand.
Sofort ist auch ihr Shirt zerschnitten
und man sieht die nackten Titten.

Einen BH trägt sie nicht,
deshalb drück' ich mein Gesicht
tief in ihren grossen Busen
und fange an damit zu schmusen.

Sie kann sich nicht dagegen wehren
und will sich auch gar nicht beschweren.
Als nächstes fällt der Jupe herunter.
Oh, sie trägt ja gar nichts drunter!

In meinen Rucksack greif ich dann,
wo ich was Tolles finden kann.
Was ich in meinen Händen halte
schieb' ich gleich in ihre Spalte.

Der 'Lovense' ist ein heisses Teil,
der macht alle Frauen geil.
Er lässt sich mit dem Handy steuern,
führt zu Orgasmen, ungeheuren.

Doch erst kommen die Seile dran,
womit ich weiter fesseln kann.
Die Brüste werden stramm geschnürt,
was zu prallen Kugeln führt.

Jetzt fängt sie laut zu stöhnen an,
was man sicher hören kann.
Ein Knebel dieses gleich verhindert
und die Geräusche merklich mindert.

Ihre Nippel sind nun hart,
ich bin total danach vernarrt.
Die steck' ich nun im meinen Mund,
saug' kräftig dran 'ne Viertelstund.

Anstatt die Warzen selbst zu saugen
müsste auch was anderes taugen.
Im Rucksack sind noch einige Sachen,
die könnten diese Arbeit machen.

Drehsauger werden die genannt
und sind uns Meistern wohl bekannt.
Dreht man die Griffe vorn herum,
dann entsteht ein Vakuum.

Ihr könnt mir glauben, nicht gelogen
der Warzenhof wird reingezogen,
dringt immer tiefer in das Rohr.
Die Warzen treten prall hervor.

Die Beine werden auch geschnürt,
was am Ende dazu führt,
dass der 'Lovense' nicht raus rutscht,
wenn es unten plötzlich flutscht.

Denn dieser wird nun aktiviert,
so dass es drinnen stark vibriert,
derweil ihr Körper heftig zuckt,
jemand durch die Büsche guckt.

Als ich den Kerl dort drin ertappe,
rufe ich laut: «Halt bloss die Klappe!
Komm her, du kannst mir assistieren,
dann darfst du dies und das probieren.»

Die Sauger werden abgenommen,
heraus ganz dicke Nippel kommen.
Der Gast soll diese Dinger lecken,
den Finger in die Dose stecken.

Ich bring' sie fast um den Verstand
mit meinem Handy in der Hand
den Pegel ich nach oben treib',
sie zittert schon am ganzen Leib.

Meine geile Sklavenbraut
möchte schreien und das laut,
doch man hört nur ein Gebrummel,
dafür tropft heftig ihre Hummel.

Diese schiesst mit einem Mal
einen heftigen Mösenstrahl
und der überraschte Gast
wird dabei nur knapp verpasst.

Kugelspiel

Zum ersten Mal in deinem Leben
willst Du dieses Spiel erleben.
Neugier hat dich dazu getrieben
und ich weiss Du wirst es lieben.

Es gibt Clubs für solche Spiele
nicht nur einen sondern viele.
Doch da sind oft viele Leute,
ich will allein sein mit Dir heute.

Es geht nicht um ein Billard-Spiel.
Wir pflegen einen anderen Stil.
Um Kugeln wird es sich schon handeln,
denn damit werd' ich Dich verwandeln.

Drum fahren wir zu einem Zimmer,
dazu benütze ich es immer.
Da gibt es spezielle Sachen,
die das Spielen leichter machen.

Die Möbel sind ganz speziell
so wie das grosse Bettgestell.
SM-Zimmer heisst der Raum
und hier erfüllt sich unser Traum.

Ich habe Seile mitgebracht
für diese ganz spezielle Nacht.
Ich werd' mit Dir Bondage machen,
für so was braucht man diese Sachen.

Das Duschen ist der erste Schritt
und ich komme auch gleich mit.
Lass mich mal nach dem Dusch-Gel greifen,
um Dich zärtlich einzuseifen.

Frisch gewaschen und frottiert
wird erst mal Tantra ausprobiert.
Ein feines Öl werd' ich verwenden
und dich massieren mit den Händen.

Überall wirst Du berührt,
was zu leichtem Zittern führt.
Die Fingerspitzen gleiten zart,
dabei wird manche Stelle hart.

Deine Nippel werden steif
als ich zärtlich danach greif'.
Dann spitze Schreie vor Entzücken,
doch die werd' ich unterdrücken.

Die Augenmaske liegt bereit.
Kurz danach herrscht Dunkelheit.
Dann eine Kugel gross und rund,
die steck' ich Dir in Deinen Mund.

Das Band wird hinten zugeschnallt.
Man hört nichts, nicht mal gelallt,
nur manchmal noch ein leises Grummeln
und ich mach weiter mit dem Fummeln.

Ans Balkenkreuz wirst Du gebunden
nicht für Minuten sondern Stunden.
Die Arme und die Füsse breit
so stehst Du nun für mich bereit.

Nun wird der Busen stramm geschnürt,
was auch zu Kugelformen führt.
Rund und prall sind Deine Brüste
und bei mir entsteh'n Gelüste.

An Deinen Nippeln saug' ich fest,
was sie noch härter werden lässt.
Es scheint Dich richtig aufzugeilen,
denn Du zuckst heftig in den Seilen.

Das Kugelspiel ist nicht zu Ende,
denn nun gibt eine Wende.
Jetzt wird was Neues ausprobiert
mit einer Kugel die vibriert.

'Hitachi' heisst das Superteil
und das machte alle Frauen geil.
Die brummende Kugel, die entzückt,
wird auf den Kitzler nun gedrückt.

Immer höher steigt die Lust
und wieder saug' ich an der Brust.
Deine Orgasmen, die sind krass
und unten wirst Du total nass.

Vakuum

(Inspiriert durch meinen Roman 'Villa mit sechs Richtigen')

Es ist wahr, ihr sollt nicht lachen,
es gibt Frauen die das machen.
Sie vergrössern ihre Brust
und empfinden dabei Lust.

Sie tun das ohne Silikon,
denn wer möchte so was schon.
Man kann auch mit anderen Sachen
Frauen eine Freude machen.

Dazu ist es nie zu spät,
denn dafür gibt es ein Gerät.
Doch am besten nimmt man zwei
und hat doppelt Spass dabei.

Schliesslich sind da auch zwei Brüste,
die man zugleich vergrössern müsste
und wenn man so was öfters macht,
werden sie in Form gebracht.

«Komm mal vorbei, ich hab' so was,
zusammen macht es richtig Spass.
Ich habe ganz verschiedene Sachen,
um deine Titten scharf zu machen.»

Und eine Woche später dann,
kommt wirklich eine Frau hier an.
Sie 'outet' sich als Busenmuse
mit grossen Hügeln in der Bluse.

«Die Hupen willst du grösser machen?
Sorry Mann, da muss ich lachen.
Das müssten Riesendinger sein,
sonst passen die dort nicht hinein!»

Dabei hebt sie die Bluse an,
damit ich alles sehen kann.
Diese wahren Riesenglocken
hauen mich fast von den Socken.

Darüber muss ich nicht studieren
und sage: «Lass es uns probieren.
Wir fangen erst mal ganz kein an
und sehen, was man machen kann.»

Sie hat die Brüste frei gemacht,
so sehe ich die ganze Pracht.
In dem Moment packt mich die Lust,
ich greife zart an ihre Brust.

Als ich mir gleich die zweite greif',
da werden ihre Nippel steif.
Sie leckt lüstern ihre Lippen
und beginne gleich zu nippen.

Um meine Lust ihr zu beweisen,
werd' ihren Nippel ich umkreisen.
Der Warzenhof wird dabei nass,
auf diese Art beginnt der Spass.

In meinen Spielzeugsortiment
sind Sachen, die nicht jeder kennt.
Zwei Nippelsauger hol' ich mir
und gehe damit schnell zu ihr.

An dem nassen Nippel dann,
presse ich den Sauger an.
Noch schnell die Pumpe angesteckt,
dann funktioniert das Ding perfekt.

Nun wird der Hebel kurz gedrückt,
sie wird vor Neugier fast verrückt.
Die Warze, nun nicht mehr so klein,
dringt tiefer in das Röhrchen ein.

Der Nippel wird nun richtig dick.
Das Plexiglas erlaubt den Blick
auf die Warze gross und fest,
die sich noch tiefer saugen lässt.

Die Frau, sie stöhnt bereits vor Lust,
packt mit den Händen ihre Brust.
Sie sieht, was dieses Ding hier taugt
und immer stärker an ihr saugt.

Sie ruft: «Halt ein, ich kann nicht mehr,
doch ich liebe es so sehr.
Bitte nimm die andere dran
und setz 'nen zweiten Sauger an.»

Der Auftrag wird gleich umgesetzt
und dieser Nippel auch benetzt.
Der zweite Sauger festgepresst,
damit auch der sich pumpen lässt.

Der Nippel saugt sich tief hinein,
das muss bei diesem Spiel so sein.
Der Anblick, der ist richtig scharf,
wenn man Nippel pumpen darf.

Die Schläuchlein werden ausgeklinkt,
ohne dass das Vakuum sinkt.
Die Zitzen in den Röhrchen stecken.
Bei mir beginnt sich was zu recken.

«Du bist so ein lieber Mann,
komm stell' dich einmal hinten dran»,
sagt sie zu mir. Das macht mich froh.
Ich drück' mich fest an ihren Po.

Das ist so schön, ich könnt' frohlocken.
Bei meinem Griff an ihre Glocken
habe ich beide Hände voll,
das findet auch mein 'Schnidel' toll.

Ihren Vorbau auf den Rippen
lass' ich auf und nieder wippen.
Die Vakuumröhrchen halten fest,
was sie richtig tanzen lässt.

«Nun ist's genug mit kleinen Dingen,
ich werde etwas besseres bringen»,
sag' ich zu ihr mit einem Lachen
und suche nach den grösseren Sachen.

Etwas zum Schröpfen soll es sein,
dann passt der Warzenhof hinein.
Dieses Modell ist voll durchdacht,
denn da wird gar nichts heiss gemacht.

Sonst könnte man die Brust verletzen,
würd' man 'was heisses daran setzen.
Doch dies Gerät, das saugt nicht minder
mit einem dichten Saugzylinder.

Sie findet dieses Teil famos,
denn ihre Augen werden gross.
Sie kann mir gern' dabei zusehen
beim langsam an den Flügeln drehen.

Ein kräftiges Vakuum soll es sein,
das zieht den Warzenhof hinein.
Es bildet sich 'ne grosse Kuppe,
dabei wird geil die Busenpuppe.

Bei dem langsam Weiterdrehen
kann man die Kuppen wachsen sehen.
Der Warzenhof wird mächtig gross.
Das Spiel, das lässt sie nicht mehr los.

Die zweite wird auch so behandelt,
bis auch deren Form sich wandelt.
Nun steht sie da mit Riesenzitzen.
Das Bild, das muss ich sofort blitzen.

Sie greift sich wieder an die Brust,
denn immer höher steigt die Lust.
Sie sagt: «Du hast doch riesige Sachen,
komm lass es uns 'mal damit machen.»

Auf diesen Satz hab' ich gewartet.
Zum Höhepunkt wird nun gestartet.
Das Werkzeug kann sich sehen lassen,
es wird auf ihre Brüste passen.

'Extra large' ist das Format,
das Noogleberry's Glocke hat.
Davon habe ich deren zwei
mit einer Pumpe auch dabei.

«Leg' dich im Bett auf deinen Rücken,
so kann bequem ich dich beglücken.
Ich werd' die Titten Dir einschmieren
und sie dabei etwas massieren.»

Die Möpse sollen glitschig sein,
drum schmier' ich sie mit Melkfett ein.
Dann setz' ich ihr die Glocken an,
damit ich kräftig pumpen kann.

«Halte die Dinger erst 'mal fest,
weil es sich besser pumpen lässt,
denn mit dem grossen Y-Schlauch
geht das mit der zweiten auch.»

Nach diesem Tipp geht es zur Sache,
denn wenn ich das hier richtig mache,
dann schwellen ihre Brüste an,
bis ich nicht weiter pumpen kann.

Ich pumpe langsam immer weiter,
die Brust wird länger und auch breiter.
Die Frau traut ihren Augen kaum,
ihr Busen wächst, was für ein Traum!

Die Brust ist richtig angeschwollen
und bis zur Kuppe vor gequollen.
Wenn ich das hier bezeichnen müsste,
würde ich sagen: «Monsterbrüste!»

«Mein Gott, ich finde das so geil,
darf ich behalten dieses Teil?»,
fragt sie bittend mich am Schluss
und gibt mir einen dicken Kuss.

«Ich würde gerne dir zwei schenken,
doch solltest du dabei bedenken,
ich brauch' sie auch für andere Frauen,
die sich an dieses Spiel getrauen.»

Seil ist geil

Früher musste man bei solchen Sachen
schon eher ein Geheimnis machen.
Heute liegt man voll im Trend,
wenn man solche Spiele kennt.

Man findet schnell im Internet
Spiele mit Seilen auch im Bett.
Es wird auch in den Clubs gemacht
in so mancher Partynacht.

Eine Bekannte fragte mich:
«Interessiert so was auch dich?
Würdest du so etwas wagen?»
Das muss man mir nicht zweimal sagen.

«Sag', willst denn Du gefesselt sein?»
Sie willigt sofort dazu ein.
Bei dieser BBW Figur
wird das eine harte Tour.

Ich brauche dazu sehr viel Seil.
Schon der Gedanke der ist geil.
Im Kopf, da kann ich sie schon sehen,
prall geschnürt vor mir zu stehen.

Ich muss eine 'Location' suchen.
Werd' mir dafür 'ne Hütte buchen
weit abgelegen tief im Wald,
wo nur des Käuzchens Ruf erschallt.

Dort wird sie dann für einige Stunden
an den Balken festgebunden.
Da werde ich sie dann bespielen
mit Spielzeugen, mit ganz vielen.

Wenn die mollige Lady wüsste,
was sie dort ertragen müsste
und das alles ohne klagen,
doch sie will es wirklich wagen.

Will sie wirklich was erleben,
muss sie dazu ihr Ja-Wort geben.
Wir schreiben die Varianten auf
mit ihrer Unterschrift darauf.

Danach fahren wir behände
weit nach draussen ins Gelände
und bei dem abgelegenen Haus
lade ich das 'Werkzeug' aus.

Die 'Spielzugkiste' ist dabei,
darin gibt es so allerlei
Spielsachen und besonders geile
dazu noch jede Menge Seile.

Die Hütte hat sehr viel Komfort.
Selbst eine Dusche gibt es dort.
Molly möchte sauber sein,
doch duschen will sie heut' allein.

Dann kommt sie aus der Dusche nackt.
Ich hab' schon alles ausgepackt.
«Du meine Güte!», ruft sie laut,
als sie auf meine Auswahl schaut.

«Na Meister wie gefällt dir das?
Ich wüsche dir dabei viel Spass
meine Kurven zu verschnüren
und mich dabei auch zu verführen.»

Das sagt die kurvenreiche Frau,
als ich auf ihren Körper schau'.
Da ist viel Busen, Po und Bauch
und stramme Schenkel hat sie auch.

«Die seh' ich lieber eingepackt
in sexy Strümpfe, statt ganz nackt»,
sag' ich zu ihr mit einem Lachen.
Das will sie selbstverständlich machen.

Nun steht sie da in Strumpf und Straps.
Ich gebe ihr noch einen Klaps
auf ihren Po bevor sich starte
und mit dem Fesseln nicht mehr warte.

Nicht hier, wo sie gerade stand,
sondern drüben an der Wand.
Dort gibt es interessante Dinge:
Gekreuzte Balken und auch Ringe.

«Stell' Dich bitte da mal hin
und warte bis ich fertig bin.
Hier hilft kein Klagen und kein Murren,
halt' still, um Dich hier festzuzurren!»

Das sag' ich ihr mit lautem Ton.
Ich denke sie kapiert das schon,
denn regungslos steht sie bereit
und macht die strammen Beine breit.

Sie stellt die Füsse vor die Ringe
bevor ich Seile dort anbringe
und in wenigen Sekunden
ist sie auch schon festgebunden.

Sie lehnt sich leicht gegen die Wand.
Ich nehme sogleich ihre Hand,
um sie nach oben so zu bringen
zu den beiden anderen Ringen.

Am Handgelenk mit einem Seil
wird festgebunden dieses Teil.
Die andere Hand wird auch umwunden
und auf die gleiche Art gebunden.

Ich trete einen Schritt zurück,
betrachte dieses geile Stück,
wie es gespreizt dort festgemacht
zum Spiel bereit für heute Nacht.

«Ist es o.k., was ich getan?»
Sie nickt und schaut mich lustvoll an.
Dann kann ich hier ja weitermachen
mit noch so vielen anderen Sachen.

Ein weiteres Seil wird angebracht
und ihre Taille festgemacht.
Weglaufen wird so nicht mehr gehen.
Sie wird mir zur Verfügung stehen.

Denn dieses mollige, geile Weib
mit ihrem kurvenreichen Leib
ist wie zum Spielen hier gemacht.
Mann, das wird eine tolle Nacht!

Es wird gleich richtig dunkel sein,
denn in die Kiste greif' ich 'rein.
Hol' da heraus die Augenbinde,
nun steht sie da wie eine Blinde.

Das Ganze soll ja dazu führen,
das Spiel viel stärker noch zu spüren.
Denn wenn man absolut nichts sieht,
ist intensiver was geschieht.

In meinem Auge blitzt die Lust,
drum mach' ich mich an ihre Brust.
Die Riesenglocken, diese geilen,
möchte ich nun auch 'verseilen'.

Ein Halsband mit 'nem Ring daran
leg' ich ihr vorsichtig an.
Ein weiches Seil wird festgemacht
und an der Brust dann angebracht.

Dazu wird sie erst angehoben,
das Seil darunter dann geschoben.
Mehrfach wird sie nun umwunden
und so richtig stramm gebunden.

Der Warzenhof wird enorm gross.
Es regt sich was in meinem Schoss.
Auch ihr Nippel wird ganz hart.
Das nenne ich den richtigen Start.

Nun fängt sie laut zu stöhnen an,
was man sehr gut hören kann.
Doch genau aus diesem Grund
kriegt sie die Kugel in den Mund.

«Mund auf!», sag' ich laut zu ihr,
«den roten Gag, den stopf' ich Dir
in den Mund, das zu verhindern.
Es soll so Dein Gestöhne mindern.»

Mit einem «Mmmpfh» steckt er nun drin,
während ich beschäftigt bin
den Riemen hinten festzufummeln.
Nun kann sie nur noch leise grummeln.

Mit der allergrössten Lust
schnüre ich die andere Brust
genau so auf gleiche Weise.
Ihr Stöhnen ist jetzt nur noch leise.

Die 'Arbeit' ist noch nicht gemacht,
deshalb wird drüber nachgedacht,
sie mit einigen weiteren Dingen
zur Ekstase heut' zu bringen.

Ein weiteres Seil ist, was ich brauch',
das mach' ich fest am Seil beim Bauch.
Über die Ritze führt das Seil
und weiter bis zum Hinterteil.

Durch den Po und hoch zum Rücken,
soll dieses Seil sie dann beglücken,
weil es an ihrem Kitzler reibt
und sie zu Höhepunkten treibt.

Die Titten will ich nicht vergessen.
Ich bin total darauf versessen.
Die prallen Kugeln sind der Grund,
daran zu saugen mit dem Mund.

Weil meine Sklavin festgebunden,
könnt' ich sie lutschen nun für Stunden.
Als die Warzen ich umkreise,
stöhnt meine Festgebundene leise.

Was für ein herrlicher Anblick,
die Nippel werden hart und dick.
Gross werden nicht nur meine Augen,
deshalb beginne ich zu saugen.

Jetzt zittert schon ihr Unterleib,
weil dieses geile Spiel ich treib',
denn festgebunden an der Wand
ist sie total in meiner Hand.

So will ich es nicht weiter treiben,
denn das Seil beginnt zu reiben
das über die Klitoris führt,
weil sie sich dort heftig rührt.

Deshalb entferne ich das Seil.
Die Frau, die ist schon richtig geil.
Was anders will ich nun probieren,
um sie da unten zu vibrieren.

'Hitachi' heisst der Zauberstab,
von dem ich mehr als einen hab'.
Davon nehm' ich mir erst den grossen,
doch nicht um ihn hineinzustossen.

Der wird bloss an die Klit gepresst,
was sie sofort erzittern lässt.
Während es unten plötzlich flutscht,
wird weiter an der Brust gelutscht.

Ich brauche auch nicht lange warten,
denn nicht nur ich krieg einen Harten,
auch ihr Kitzler wird ganz fest,
was sie noch mehr erzittern lässt.

Vom Orgasmus durchgeschüttelt
wird heftig an der Wand gerüttelt.
Und plötzlich knickt sie vorwärts ein,
ich denk' ich lass' es besser sein.

Um sich etwas auszuruh'n
entferne ich die Kugel nun,
die hatte ihren Mund verstopft,
da, wo nun der Geifer tropft.

«Das war ja Wahnsinn», sagt sie leise,
«ich möchte auf die gleiche Weise
noch weitere Orgasmen finden,
du sollst mich aber anders binden.»

„Ich möchte gern ein 'chair tied' machen,
du kennst doch sicher diese Sachen.
Da wird man auf den Stuhl geschnürt,
bis man die Höhepunkte spürt".

Mit so was kenne ich mich aus.
Es gibt auch Stühle hier im Haus.
Einer mit Lehnen soll es sein,
da passt die Molly grad' so rein.

Ich befrei' sie von der Wand
vor der sie bisher aufrecht stand.
Nur die Brust, die bleibt geschnürt,
weil das die Erregung schürt.

«Bevor Du Dich hier niedersetzt,
wir Dir etwas eingesetzt.
Mach schon mal die Beine breit.
Das Gerät ist gleich bereit.»

Das sage ich mit kräftigen Tönen.
Sie muss sich wohl daran gewöhnen,
dass dies Gerät ich gern betreib'.
Ich schieb's in ihren Unterleib.

«Bist Du bereit mein lieber Schatz?,
dann nimm auf diesem Stuhl hier platz.
Strecke die Beine mir entgegen,
ich werde sie in Fesseln legen.»

Zuerst kommen die Füsse dran,
ich schnüre sanft und trotzdem stramm.
Bei den Knien geht es weiter,
da wird die Schnürung etwas breiter.

Ich streichle zart über die Strümpfe
und vermeide alle Rümpfe,
denn so ein fein bestrumpftes Bein
kann ein heisser Anblick sein.

Die dicken Schenkel sind sehr geil,
doch brauche ich ich da sehr viel Seil.
Ich will sie eng zusammenbinden.
Das rosa Teil soll drin verschwinden.

Für die, die diese Teile kennen,
das sind die rosa Funkantennen.
So steckt das ganze Teil nun fest
und sich nicht mehr entfernen lässt.

«Du musst die Arme hier drauf legen,
Du kannst sie dann nicht mehr bewegen.
Ich binde sie hier richtig fest,
bis nichts mehr sich verschieben lässt.»

An Handgelenk und Ellenbogen
werden Seile drum gezogen.
Nun sitzt sie wie auf einem Thron.
Das nächste Spiel, das wartet schon.

Erst wird ihr die Brust massiert.
Sie wartet drauf was dann passiert.
Weil sie immer noch nichts sieht,
kann sie nur ahnen was geschieht.

Ich mach' ihr erst die Nippel nass,
das macht mir immer richtig Spass.
Dann werden Sauger angesetzt,
darum hab' ich sie benetzt.

Zum Jammern ist es jetzt zu spät,
denn wenn man an den Flügeln dreht,
dann kann man seh'n ob so was taugt.
Die Nippel werden eingesaugt!

Weil sie jetzt schon wieder stöhnt,
was laut durch dieses Haus hier tönt,
wird ihr Mund nochmal gefüllt
mit etwas, das ihn auch verhüllt.

'Pump gag' heisst das breite Teil
und auch dieses find' ich geil,
denn festgezurrt wird dieses auch
und es hat vorne einen Schlauch.

Da ist 'ne Ballonpumpe dran
mit dem man es aufpumpen kann.
So kann der grösser werdende Pfropfen
zusehends ihr den Mund verstopfen.

«Nngh, nngh», ist alles was man hört,
was mich nicht im geringsten stört.
Das Handy wird nun schnell gezückt.
Das nächste Spiel macht sie verrückt.

Die 'Lovense App' wird eingeschaltet,
die das Gerät in ihr verwaltet.
Mit 'Bluetooth' wird es kontrolliert
und sie richtig durchvibriert.

Ich finde dieses Spiel voll 'cool'.
Noch sitzt sie ruhig auf dem Stuhl.
Doch kaum geht das Vibrieren los,
zuckt es bereits in ihrem Schoss.

Wenn ich den Regler weiter schiebe,
dann erwachen ihre Triebe.
Ihr ganzer Körper windet sich
und daran erfreu' ich mich.

Sie zuckt, sie rüttelt und sie zittert,
doch mein Spieltrieb bleibt erbittert.
Es wird nass in ihrem Schoss,
aber ich bin gnadenlos.

Dann schnaubt sie wie ein wildes Tier,
doch dies ist es erst die Stufe vier.
Ich würde heute gerne seh'n,
wie sie kommt bei Stufe zehn.

Nach einem heftigen Nasenschauf
hört das Zucken plötzlich auf.
Die Tortur wird eingestellt
bevor sie hier ins Koma fällt.

Den Pegel fahr' ich ganz herunter.
Da wird die Molly wieder munter.
Als ich sie frage: «Willst Du mehr?»,
beruhigt mich ihr Nicken sehr.

Die Augen werden frei gemacht
und ihr frecher Blick, der lacht.
Also geb' ich richtig Gas,
denn ich gönne ihr den Spass.

Ab Stufe fünf da wird es heftig
und ihr Beckenzucken kräftig.
Schweiss wird auf die Stirn getrieben.
Wir sind auch schon bei Stufe sieben.

«Soll ich wirklich weiter geh'n,
voll hinauf auf Stufe zehn?»
Ihr Nicken ist der Grund dazu,
dass ich es auch wirklich tu'.

Ich will sehen, was passiert
mit dieser Frau so bondagiert.
Orgasmen bringen sie zum Beben.
Das wollten wir heut' Nacht erleben.

Doppeldecker

Beim Sex ist Toleranz heut' in.
Obwohl ich noch altmodisch bin,
würde ich mich nicht genieren,
mal was Neues zu probieren.

So manches würde mich schon reizen,
wenn Frauen nicht mit Reizen geizen.
Ich hab' gern' alle Hände voll.
Mit zweien fände ich es toll.

Doch wie findet man die zwei,
die mit voller Lust dabei,
mich unter sich aufteilen würden
ohne allzu grosse Hürden.

Ich glaub' ich weiss da eine Frau,
die kennt dieses Spiel genau.
Sie könnte es organisieren,
dieses Spiel mal zu probieren.

Ich denk', ich rufe sie mal an,
ob sie was vorbereiten kann.
Sie hat es sicher schon getrieben
mit Frauen, die so etwas lieben.

Eines Tages ruft sie an,
dass sie so etwas machen kann
und erklärt mir unumwunden,
sie hätte eine Frau gefunden.

Was besonders mich beglückt,
die Dame ist sehr gut bestückt
mit grossem Po und schwerem Busen.
Bei ihr, da will ich gerne schmusen.

Wir treffen uns am Wochenende
in einem Club mit 'Spielgelände'.
Sie hat ein Zimmer reserviert
und dort wird FFM probiert.

Ich kann kaum meinen Augen trauen,
als die beiden hübschen Frauen
sogleich beginnen mit dem 'Strippen'
und sich küssen auf die Lippen.

Wohin ich mit den beiden husche?
Es ist der Weg zur nächsten Dusche.
Gegenseitig wird 'geschrubbt',
was als Vergnügen sich entpuppt.

Die beiden greifen meinen Steifen
und rufen: «Zeit, um einzuseifen!»
Vier Brüste wollen sauber sein,
ich leg mich voll ins Zeug hinein.

Ein Sandwich wird mit mir gemacht,
die eine 'schrubbt', die andere lacht.
Eine seift mir meinen Rücken
ich darf vor mir die Brüste drücken.

Die Seife wird schnell abgespült,
bevor die Stimmung sich abkühlt.
Sie zeigen beide mir die 'Schnecken'
und rufen laut. «Hier musst du lecken!»

«Nun liebe Frauen, gebt fein acht,
so was wird im Bett gemacht»,
sag' ich den beiden lieb und nett
und wir ziehen um auf's Bett.

Dort öffnen sich vier Frauenbeine
und ich tu' dazu das meine
während ich abwechselnd lecke
und die Finger hineinstecke.

Als ich die Brüste kneten darf,
werden beide richtig scharf.
Ich sauge fest an jeder Brust,
dabei steigt auch bei mir die Lust.

Die Mollige kniet sich vor mich hin
und wartet bis ich in ihr bin.
Die andere macht die Beine breiter
und die Mollige leckt sie weiter.

Ich konnt' noch nie in meinem Leben
so was Erregendes erleben.
Zwei Frauen zu der gleichen Zeit,
beide zum Sex mit mir bereit.

Zum Stellungswechsel ist es Zeit,
die Schlanke macht die Beine breit.
Nun wird von vorne eingesteckt,
während sie die Mollige leckt.

Sie möchten anderes nun probieren,
beginnen mich zu dominieren.
Sie werfen mich auf meinen Rücken,
um mich von oben zu beglücken.

Die Schlanke setzt sich auf mein Becken,
beginnt sofort mich reinzustecken.
Die Mollige ziert sich auch nicht,
drückt mir die Brüste ins Gesicht.

Zum ersten Mal in meinem Leben,
darf ich FFM erleben.
Unten werd' ich durchgeritten
und oben saug' ich an den Titten.

Dann tauschen sie auf meinem Bauch,
denn reiten will die Mollige auch.
Was ich nun seh', das glaub' ich nicht.
Die Schlanke sitzt auf mein Gesicht.

Statt ihr etwas hineinzustecken,
muss ich ihr die Dose lecken.
Das macht ihr sichtlich sehr viel Spass,
denn ihre Möse wird klatschnass.

Während ich so fast ersticke
und unten eine andere ficke,
wird sanft geleckt und hart geritten,
dabei hüpfen alle Titten.

Nur kann ich davon gar nichts sehen.
Das muss doch andersrum auch gehen.
Sie tauschen wieder ihre Plätze
auf eine Art, die ich nun schätze.

Die Mollige sitzt auf meinem Mund
und über mir sind Titten rund.
Ich kann sie mit den Händen fassen
und nach Belieben schaukeln lassen.

So geht die Runde fröhlich weiter.
Die Stimmung ist jetzt froh und heiter.
Die Schlanke saugt an meinem Rohr
und zaubert immer mehr hervor.

Den Schuss, den kann ich kaum noch halten.
Muss die Erregung gut verwalten.
Dann lassen beide von mir ab.
Mein lieber Mann, das war jetzt knapp!

Doch sie können es nicht lassen,
beginnen an mein Rohr zu fassen.
Lutschen zu zweit, das ist so toll,
dann spritz ich alle Titten voll.

Vollgeschmiert sind nun die Kuppen
von diesen beiden geilen Puppen.
Wir sind alle drei am Lachen.
Lasst und mal FFFM machen!

Am Bach

(Inspiriert durch meinen Roman 'Leben mit sechs Richtigen')

Kürzlich waren wir beim Wandern,
von einer Region zur andern.
Unser grosser Wanderdrang
führte einem Bach entlang.

Bei einer Brücke gar nicht weit
wurde dieser Bach sehr breit.
Die Fläche war nur teils benetzt,
drum hatte Sand sich abgesetzt.

Hier wollten wir zum Baden gehen
und konnten nichts verdächtiges sehen.
Sand konnte das nicht sein,
denn unsere Füsse sanken ein.

In dem Moment wurde uns klar,
dass es hier sehr schlammig war.
Versunken bis zu unseren Knien
versuchten wir uns 'rauszuziehen.

Jede Bewegung, so gemein,
zog hier uns tiefer noch hinein.
Wir wollten beide nicht versinken,
schon gar nicht in dem Schlamm ertrinken.

Was dann geschah, möcht' ich euch schildern
in einigen ziemlich krassen Bildern.
Um das Einsinken zu verhindern,
mussten wir Gewicht vermindern.

Die Fläche muss viel grösser sein,
dann sinkt man weniger hinein.
Das Gesetz kannten wir auch
und legten uns drum auf den Bauch.

Nun lag sie da im tiefen Sumpf.
Der Schlamm klebte an Schuh und Strumpf.
Dann fing sie plötzlich an zu lachen
und obenrum sich frei zu machen.

Sie schmierte Lehm auf ihre Titte
und bei den Schenkeln in die Mitte.
Dann streifte sie das Höschen runter
und wurde dabei ganz schön munter.

Mit beiden Brüsten vollgesaut
hat sie mich dann angeschaut
und gesagt: «Lass uns probieren,
uns gegenseitig vollzuschmieren.»

Im Nu war'n meine Kleider weg
ich lag bei ihr im weichen Dreck.
Auch sie war plötzlich völlig nackt,
dann hat sie kräftig mich gepackt.

Sie hat mich in den Lehm gedrückt
und sich dann über mich gebückt
und wie bei einem Schlammloch-Fest
die Brust in mein Gesicht gepresst.

Soll nun so was mit mir geschehen,
wie ich es mal im Film gesehen,
wo eine lehmbeschmierte Braut
ihren Kerl im Schlamm vollsaut.

Danach war ich total verdreckt.
Das hat bei mir die Lust geweckt,
bei ihr dasselbe zu probieren
und sie dabei ganz vollzuschmieren.

Sie setzte sich auf meinen Schoss.
Ich holte aus zum ersten Stoss.
Als ich tief in sie eindrang,
war da ein seltsamer Klang.

Es schlürfte und es pflotschte laut,
beim Penetrieren meiner Braut.
So wurde ich im Schlamm geritten.
Es klatschten ihre grossen Titten.

Sie hatte mich darum gebeten,
ihre Brüste dann zu kneten.
Ich begann daran zu nippen
mit meinen lehmverschmierten Lippen.

Dann bat sie mich: «Komm dreh' mich um
und fick' mich einmal andersrum.»
Da lag sie nun auf ihrem Rücken
und ich tat über sie mich bücken.

Diesmal ging's von vorne los
Lehm spritzte auf bei jedem Stoss
und ich mit meiner klebrigen Latte,
daran meine Freude hatte.

«Pflotsch, pflotsch» ging es auf und nieder.
Sie griff an ihre Titten wieder
und packte sie mit Lehm ganz voll.
Ich fand diesen Anblick toll.

So geil kann 'muddy fucking' sein.
Ich drückte sie noch tiefer rein,
bis sie darin fast ganz versank
in dieser lehmigen Sandbank.

Als Sumpf den ganzen Kopf bedeckte
weil sie ihn nach hinten reckte,
gab es laute Blubbertöne.
Fast erstickte meine Schöne.

Ich musste ihren Kopf anheben.
Ihr ganzer Körper war am beben.
Sie war noch immer leicht benommen,
denn dabei war sie gekommen.

Ich kniete immer noch im Lehm,
dann wurd' es für mich angenehm.
Sie öffnete weit ihren Mund
und er verschwand im lehmigen Schlund.

Sie saugte stark und ich genoss
als ich in ihre Kehle schoss.
bis diese Ladung übervoll,
dann aus ihrem Munde quoll.

Sie wischte ab uns sagte leise:
«Ich will nochmal auf diese Weise,
bumsen hier im tiefen Lehm,
denn das Gefühl ist angenehm.»

Angenehm ist untertrieben.
Ich will sie öfters mal so lieben
und drücken in den Sumpf hinein.
Lass uns zwei 'Moorschweinchen' sein!

Grease

(Inspiriert durch meinen Roman 'Leben mit sechs Richtigen')

Molly traut sich solche Sachen,
will kurz einen Ölwechsel machen
an ihren alten 'Pick-up Truck',
Drum stellt sie ihn auf einen Bock.

Legt sich in einem Kombigewand
mit einer Schüssel in der Hand
rücklings unter den Motor.
Nur noch die Füsse schau'n hervor.

Dann fängt sie mutig an zu schrauben.
Immer noch in in ihrem Glauben,
diesen Stopfen aufzukriegen
und das alles so im Liegen.

Die Schraube klemmt an dem Gewinde,
drum holt die Molly ganz geschwinde
einen ziemlich grossen Hammer
und haut drauf los ohne Gejammer.

Dann ist da keine Schraube mehr,
das schwarze Öl schiesst hinterher,
trifft Molly mitten auf den Kopf.
Nun ist ganz schwarz der arme Tropf.

Trotz all dem Öl auf dem Gesicht
macht sie ganz schnell die Öffnung dicht.
Schreit dann um Hilfe eine Weile,
bis ich schnell zur Werkstatt eile.

Was ich da seh' bringt mich zum Lachen.
«Was machst Du bloss für krumme Sachen?»,
frag ich die Kleine ganz geschwind,
weil überall das Öl noch rinnt.

Die Schüssel schieb' ich ganz nah ran
damit ich sie befreien kann.
Doch egal was sie probiert,
sie wird mit Öl ganz voll geschmiert.

Ich reich' der Molly meine Hand
und zieh' gleichzeitig am Gewand.
Man erkennt die Frau fast nicht
mit soviel Schwarz auf dem Gesicht.

Ich will nur ein paar Witze machen,
doch ich krümme mich vor Lachen.
Das findet Molly gar nicht nett,
schmeisst mit 'nem Kübel voller Fett.

Der trifft mich mitten auf der Hos',
nun geht bei ihr das Lachen los.
Dann ist sie plötzlich wieder nett
und will entfernen dieses Fett.

Doch während sie die Hose reibt,
sie etwas in die Höhe treibt.
Denn ich bekomme einen Harten
und will nun nicht mehr länger warten.

Ich schmiere Fett auf ihre Brüste,
wie wenn ich es nicht besser wüsste.
Weil davon wird die Molly scharf,
weshalb ich weiter schmieren darf.

Nun sind wir beide ganz verschmiert.
Wollt ihr wissen was passiert?
Sie reibt vorn' in meiner Mitte
und ich massiere ihre Titte.

Irgendwann sind beide nackt.
Ich hab' den Fettkübel gepackt
und ihr die Dose vollgeschmiert.
Nun will ich wissen, was passiert.

Sie packt Fett auf meinem Schwanz
und verschmiert ihn damit ganz.
Dann legt sie mich auf meinen Rücken,
um ihn sich so hineinzudrücken.

Von oben werde ich geritten.
Es hüpfen grosse schwarze Titten.
Ich zieh den Kübel zu mir her,
denn so ein Anblick reizt mich sehr.

Während sich mein Samen staut,
wird Molly völlig eingesaut.
Mit mir macht sie dasselbe auch,
schmiert schwarzes Fett auf meinen Bauch.

Dann steigt sie ab und ruft mir zu:
«Komm bumse mich wie eine Kuh!»
Von hinten soll ich sie bedrängen
während vorn die Euter hängen.

So möchte sie sich vögeln lassen.
Ich muss sie an den Eutern fassen.
«Melke mich auf diese Weise»,
sagt meine Molly und stöhnt leise.

Am liebsten tät' ich das ins Bett,
doch das geht nicht bei all dem Fett.
Da würde ich mich nie getrauen
das ganze Zeug so einzusauen.

Uns packt die Lust auf noch viel mehr,
also muss 'ne Wanne her.
Der grosse Kinderpool, der weiche,
sollte genügen für das Gleiche.

Aus dem Karton wird er enthüllt
und ganz schnell mit Luft gefüllt.
Dann legen wir uns da hinein.
Das soll unser Bettchen sein.

Wir holen ganz viel Öl und Fett.
Füllen damit dieses Bett,
um dann zu zweit hineinzurutschen.
Geil! So kann es richtig flutschen!

In fast jeder Stellung dann,
mache ich mich an sie ran.
Sie quietscht wie fast ein kleines Schweinchen
und spreizt dann folgsam ihre Beinchen.

Es wir alles ausprobiert.
Von Kopf bis Fuss mit Öl verschmiert,
kann man bumsen, kneten, lutschen
und prächtig aufeinander rutschen.

Sie hält mich mit den Armen fest,
weil's sich so besser vögeln lässt.
Wir haben einen 'Messy-Drang'
und bumsen deshalb stundenlang.

Lust auf Brust

Ich war schon immer busenhörig,
glaubt mir und das, sogar gehörig.
Schon in der Schule so mit zehn
wollte ich immer Busen seh'n.

Ja sogar bereits mit acht
gab ich auf grosse Brüste acht.
Am liebsten setzte ich mich hin
im Schwimmbad zu der Lehrerin.

Dann wurden meine Augen weit,
sah ich sie so im Badekleid.
Mir ist, als ob ich's heut' noch seh'
ihr übervolles Dekolletee.

Mein Vater war ein Fotograf,
wobei es öfters mal zutraf,
dass in dem Fotomagazin
nackte Frauen waren drin.

Wenn ich sah so einen Akt,
hat mich gleich die Lust gepackt.
Schon damals war es mir bewusst,
ich sehe gerne sehr viel Brust.

Und so musste es dann kommen,
dass ich hab' Hefte mitgenommen.
Waren da drin schöne Titten,
habe ich sie ausgeschnitten.

Ich hab' sie in mein Heft geklebt.
Mein Herz hat oft dabei gebebt
und ich wurde richtig scharf,
wenn man das so sagen darf.

Mit zwölfen in dem Schwimmbad dann,
zog ich 'ne Spiegelbrille an,
um so auf Busenjagd zu gehen.
Die anderen konnten das nicht sehen.

Im Urlaub dann am Mittelmeer,
wurd' es mit dreizehn richtig schwer.
Da schwammen Frauen völlig nackt,
dabei hat mich die Lust gepackt.

Sah ich sie in der Sonne liegen,
tat ich einen Ständer kriegen.
Waren die Brüste ziemlich gross,
dann ging es bei mir mächtig los.

Im Blick-Journal auf Seite drei
war was Besonderes mit dabei.
Die Bilder hatte ich betrachtet
und schon so oft dabei geschmachtet.

Eine von diesen vielen Drallen
hat mir besonders gut gefallen.
Denn war Samanta dort zu sehen,
hatte ich gleich einen stehen.

Im Militär in der Kaserne
sah man solche Bilder gerne.
Sexhefte wurden rumgeboten,
gelangten auch in meine 'Pfoten'.

Ich konnte nächtelang kaum 'pfusen',
beim Blick auf 'Chesty Morgan's' Busen.
Ich wollte schon ins Kino gehen,
um den 'Russ Meyer' Film zu sehen.

Ich war zu spät dort angekommen,
der Film, der wurde rausgenommen.
Leute hatten sich beschwert,
dass der nicht in die Stadt gehört.

Meine erste Freundin dann,
liess mich an ihre Titten ran.
Sie presste mich in ihren Busen,
und liess mich stundenlang dran schmusen.

Erst machte sie mich richtig scharf,
obwohl mit ihr ich gar nicht darf.
Ich habe tapfer widerstanden,
wollt' nicht in dem Gefängnis landen.

Ich konnte nur ins Kino gehen,
um 'Dirndlfilme' anzusehen.
Dort sah ich wie sich bayrische Frauen
die Titten um die Ohren hauen.

Wollte ich grosse Hupen sehen,
musste ich zum Kiosk gehen.
'Busen' hiess das Magazin,
dort waren grosse Möpse drin.

In die Stadt bin ich gegangen,
denn hier im Ort war ich befangen.
Sähe man mich hier beim Kaufen,
dann würden schnell Gerüchte laufen.

Auch Sexshops hatten was zu bieten,
Super-8 konnte man mieten.
Doch damit die Filme laufen,
muss man 'nen Projektor kaufen.

Deshalb war ich richtig froh,
gab's dann später Video.
Die Videothek bot viel davon,
sie kannte meine Schwäche schon.

Die Dame wusste, was ich such',
etwas für das Guiness-Buch.
Deshalb legte sie mir nah:
«Nimm 'Susie Sparks' aus USA.»

Brustwarzen gross wie Untertassen,
so was ist fast nicht zu fassen.
Die würde ich sehr gerne knutschen
und an diesen Warzen lutschen.

Man findet sie heut' mühelos
die Monstertitten übergross.
Dafür gibt's nun das www.,
wo ich ihre Titten seh'.

Weil's dort 'ne Namensschwester gibt,
bin ich in deren Brust verliebt,
'Suzie Q' die Supertante
hat Grössen, die nicht noch nicht kannte.

Es ist nicht jene mit dem Bass,
denn diese Suzie hat etwas,
das macht mich so richtig froh.
Sie hat 'nen übergrossen Po.

Wenn diese Frau die Brust entblösst,
wird Angst dir sofort eingeflösst.
Die Dinger könnten dich erschlagen,
doch ich würde alles wagen.

Bei Grösse 44M,
ich trotzdem keine Angst bekäm'.
Die Riesen könnt' man dazu brauchen
den ganzen Kopf hineinzutauchen.

Die Suche ist noch nicht zu Ende,
denn wenn ich hier noch grösseres fände,
wäre das für mich ganz toll,
bei Monster-BH's übervoll.

Beim Suchen so nach ein paar Stunden,
habe 'Karola' ich gefunden.
Ich glaubte so was gibt es nie.
Ihr Busen reicht bis auf die Knie.

Ihr BH manchmal überquillt,
100Z total gefüllt!
Das ist 'ne riesengrosse Last,
die kaum noch in die Körbchen passt.

Hier müsste man von Körben reden.
Da fühlt man sich im Garten Eden.
Ich möchte ihr die Warzen lecken,
mit diesen Kissen mich zudecken.

Hab' sie per E-Mail kontaktiert,
doch Sinnvolles ist nicht passiert.
Ans Management soll ich mich wenden,
und vorab reichlich Kohle senden.

Ich habe richtig laut geflucht
und besseres mir dann gesucht.
'Lily Dreamboobs' heisst die Fee
mit ihren satten 40P.

Die Frau ist schlank, hat Hängebrüste,
die man kräftig stützen müsste.
Diese sind kaum zu vergleichen,
weil sie bis zum Nabel reichen.

Bei ihr würd' ich mich schon getrauen,
denn sie liebt Männer und auch Frauen.
Nach FFM tät's mich gelüsten
zwischen solchen Riesenbrüsten.

Da wär' mein Atem schnell verpufft.
«Hinnffe ich knniege keinnne Nunnnufft!»,
Wer sich traut hier einzutauchen,
sollte einen Schnorchel brauchen.

Doch was ich etwas später fand,
raubte mir fast den Verstand.
Da haut es jeden aus den Socken,
bei den weltgrössten Riesenglocken.

Weltrekord! Das ist kein Witz.
Der Busen von der 'Norma Stitz'
ist das Grösste das man kennt,
was sich Monsterbrüste nennt.

Unter ihrer braunen Haut
haben sich Berge aufgebaut
und alles das ich echt Natur.
Doch wie erträgt sie all das nur?

Sie spielt immer voller Lust
mit ihren Händen an der Brust,
was mich immer 'giggerig' macht,
obwohl sie meistens dabei lacht.

Lasst mich mal zwischen diesen Dingen
eine ganze Nacht verbringen.
Das grösste Risiko geh' ich ein,
nur um einmal bei ihr zu sein.

Ich werde schnorcheln und auch tauchen
und in Ihre Ohren hauchen:
«Ich weiss, ich habe einen Fimmel,
doch nun bin ich im Tittenhimmel.»

Appendix

Dies ist der bereits mein zweiter Gedichtband mit erotischen Gedichten.

Der erste Band heisst: Reife Träume heisse Gedanken

ISBN: 978-3-7519-0402-5

Einige dieser neuen Gedichte basieren auf Geschichten, die ich im meinen Fetisch-Romanen niedergeschrieben habe.

Der erste Roman heisst: Villa mit sechs Richtigen

ISBN: 978-3-7519-0875-7

Der zweite Roman heisst: Leben mit sechs Richtigen (Fortsetzung der Geschichte)

ISBN: 978-3-7557-3120-7